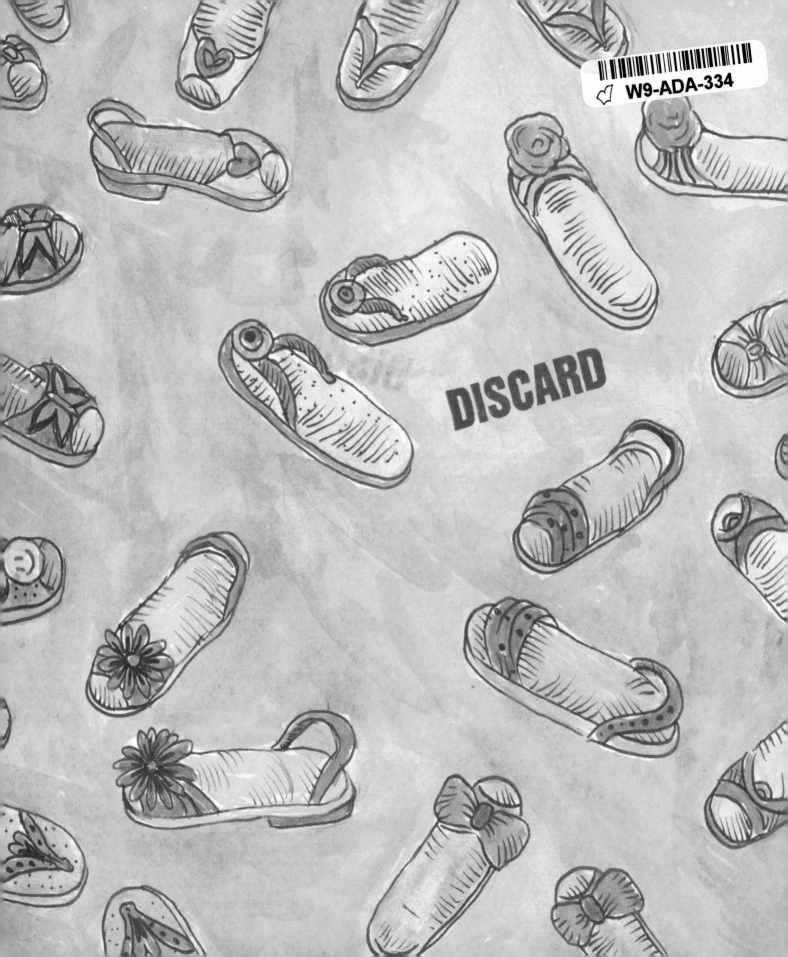

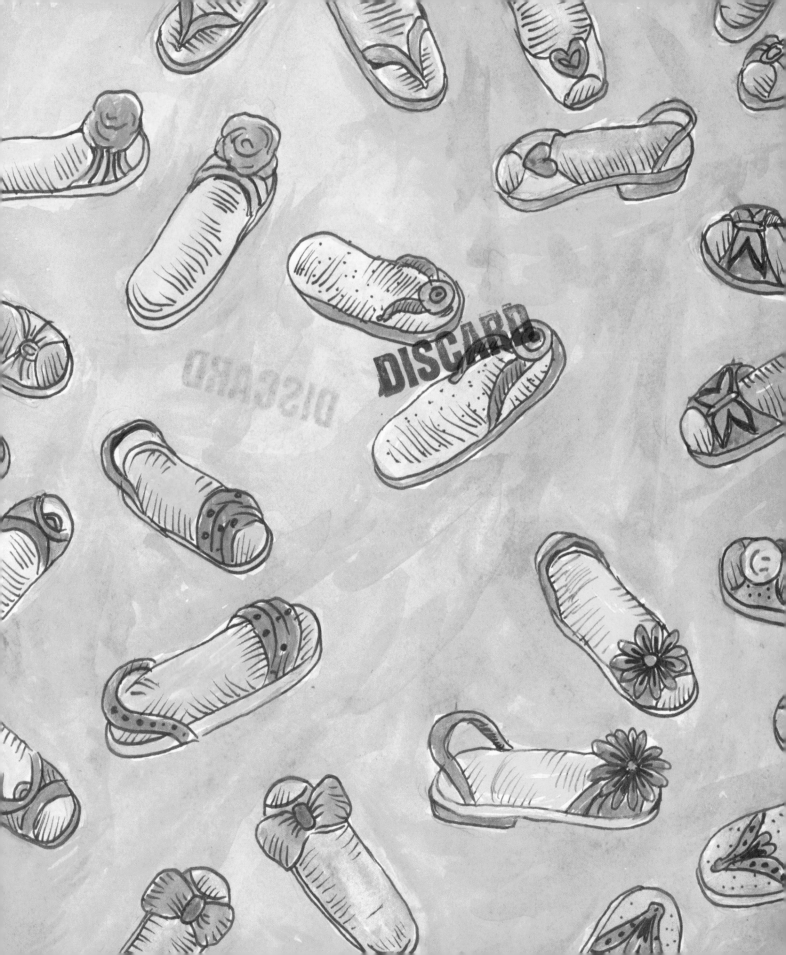

LITTLE CHANCLAS

BY JOSÉ LOZANO

Cinco Puntos Press El Paso, Texas

There was once a tiny girl named Lily Luján. But her friends and family called her Little Chanclas because everywhere Lily went, the slippity-slappety sound of her old flip-flops was sure to follow. The sound made by her tiny feet was faint at first, but grew louder and more annoying the closer she came —so much commotion!

Había una vez una niña pequeña que se llamaba Lily Luján, mejor conocida como "Chanclitas". Así le decían sus amigos y familia porque siempre se escuchaba el sonido flipitín-flipitón de sus chanclas donde quiera que ella iba. El sonido que hacían sus pies diminutos era bajito al principio, pero luego crecía y se volvía muy feo cuando Lily se acercaba. ¡Qué ruidajo!

If you were in Chata's Market, you could hear the slippity-slappety sounds of Little Chanclas' flip-flops coming down the aisles, followed, of course, by Lily's pretty face. You could hear her slippity-slappetying down at the Department of Motor Vehicles, at Benny's Burgerteria and at Sammy's Panaderia. The slippity-slappetying went from sunrise to sunset. Each night, her tired little pair of shoes rested under her bed, never leaving her side.

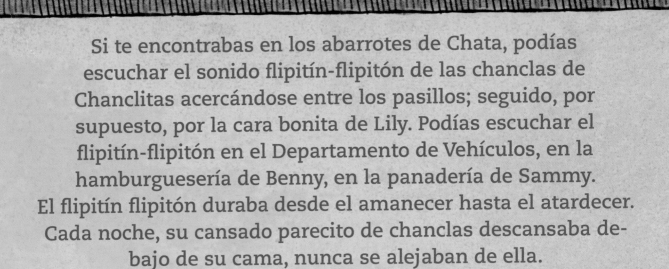

Si te encontrabas en los abarrotes de Chata, podías escuchar el sonido flipitín-flipitón de las chanclas de Chanclitas acercándose entre los pasillos; seguido, por supuesto, por la cara bonita de Lily. Podías escuchar el flipitín-flipitón en el Departamento de Vehículos, en la hamburguesería de Benny, en la panadería de Sammy. El flipitín flipitón duraba desde el amanecer hasta el atardecer. Cada noche, su cansado parecito de chanclas descansaba debajo de su cama, nunca se alejaban de ella.

Lily's mother and her big sister Lulu could
not remember where the noisy little pair of chanclas came
from. Maybe relatives from Mexico brought them or they
came from a clearance table at Footsie's Shoeteria. Lily's
mother tried to bribe Lily into exchanging her old flip-
flops for shiny new sandals with tight straps, but Lily just
frowned, got very upset, and started to cry.

Su mamá y Lulú, su hermana mayor, no recordaban
de dónde había salido ese ruidoso par de chanclas.
Quizás los parientes de México las trajeron o llegaron
de la mesa de rebajas de la zapatería de Footsie. La
mamá de Lily trató de convencerla de que cambiara las
viejas chanclas por unas brillosas sandalias con correas
ajustadas; pero Lily sólo arrugó el entrecejo, se enojó
mucho y empezó a chillar.

Lily's big sister Lulu took her to Googie's Boutique for Girls. That was where Lulu bought all her stylish clothes and shoes. "Let's get you some cute red Mary Janes," said Lulu. But Lily just turned and slippity-slapped away.

Su hermana mayor la llevó a Googie's, una boutique de niñas. Ahí era donde Lulú compraba toda su ropa y sus zapatos de moda.
   —Vamos a comprar unos zapatitos rojos, lindísimos —dijo Lulú. Pero Lily se dio la media vuelta y se fue flipitín-flipitoneando.

Little Chanclas flippity-flopped through
a whole school year, six quinceñeras, four
baptisms, three weddings, two graduations,
and sixteen family barbecues. Yes, there was
only one thing Lily loved more than her
chanclas and that was a party.

Chanclitas flipitín-flipitoneó durante todo
el año escolar, seis fiestas de quince años,
cuatro bautismos, tres bodas, dos graduaciones
y dieciséis parrilladas familiares.
Lo único que le gustaba más que sus
chanclas eran las fiestas.

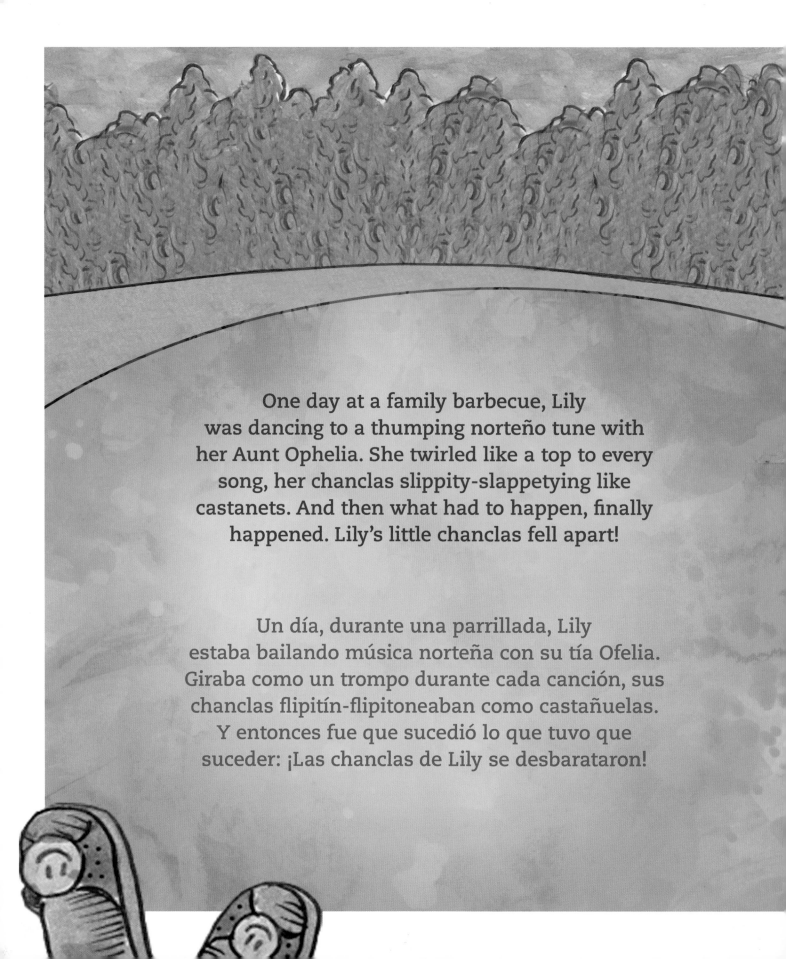

One day at a family barbecue, Lily
was dancing to a thumping norteño tune with
her Aunt Ophelia. She twirled like a top to every
song, her chanclas slippity-slappetying like
castanets. And then what had to happen, finally
happened. Lily's little chanclas fell apart!

Un día, durante una parrillada, Lily
estaba bailando música norteña con su tía Ofelia.
Giraba como un trompo durante cada canción, sus
chanclas flipitín-flipitoneaban como castañuelas.
Y entonces fue que sucedió lo que tuvo que
suceder: ¡Las chanclas de Lily se desbarataron!

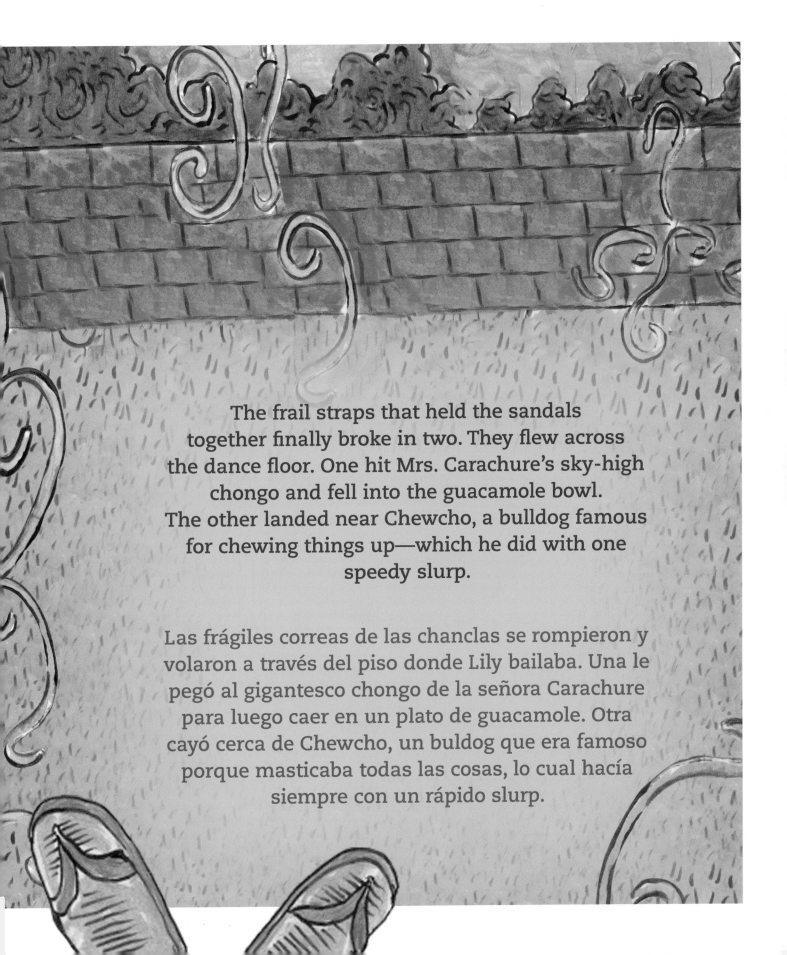

The frail straps that held the sandals together finally broke in two. They flew across the dance floor. One hit Mrs. Carachure's sky-high chongo and fell into the guacamole bowl. The other landed near Chewcho, a bulldog famous for chewing things up—which he did with one speedy slurp.

Las frágiles correas de las chanclas se rompieron y volaron a través del piso donde Lily bailaba. Una le pegó al gigantesco chongo de la señora Carachure para luego caer en un plato de guacamole. Otra cayó cerca de Chewcho, un buldog que era famoso porque masticaba todas las cosas, lo cual hacía siempre con un rápido slurp.

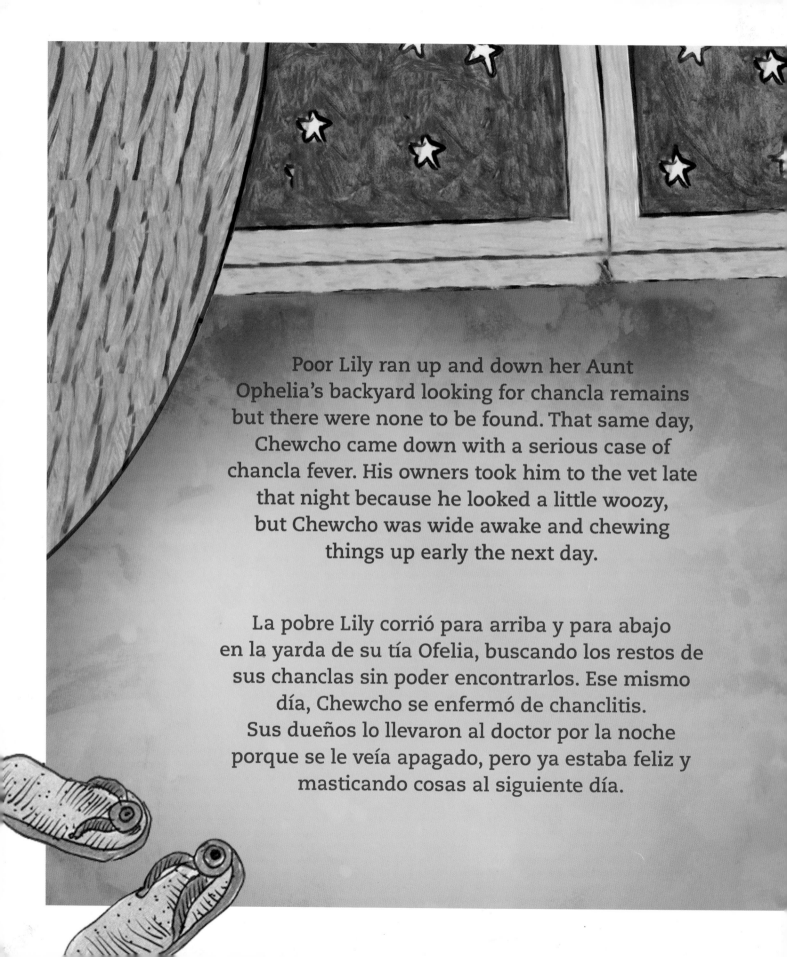

Poor Lily ran up and down her Aunt Ophelia's backyard looking for chancla remains but there were none to be found. That same day, Chewcho came down with a serious case of chancla fever. His owners took him to the vet late that night because he looked a little woozy, but Chewcho was wide awake and chewing things up early the next day.

La pobre Lily corrió para arriba y para abajo en la yarda de su tía Ofelia, buscando los restos de sus chanclas sin poder encontrarlos. Ese mismo día, Chewcho se enfermó de chanclitis. Sus dueños lo llevaron al doctor por la noche porque se le veía apagado, pero ya estaba feliz y masticando cosas al siguiente día.

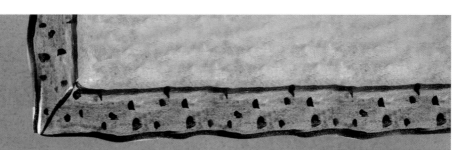

Poor Lily. For days, she was upset and cranky. Concerned tias, primos and primas brought an assortment of shoes to replace her beloved chanclas, but nothing interested Lily. "She's like Cinderella's bratty sister," pouted Lulu. "I'd give anything to be in her shoes." Her mother's embarrassed smile turned into a serious frown once she'd escorted the last relative out.

Pobrecita Lily. Durante varios días estuvo molesta y gruñona. Sus tías, primos y primas, preocupados, le llevaron toda una variedad de zapatos para reemplazar a sus adoradas chanclas, pero ninguno le interesó a Lily.

—Es como la hermana latosa de Cenicienta —se quejó Lulú—. Me encantaría estar en sus zapatos.

La risa apenada de su mamá se volvió una mueca muy seria después de que despidió al último pariente que había llevado zapatos para su hija.

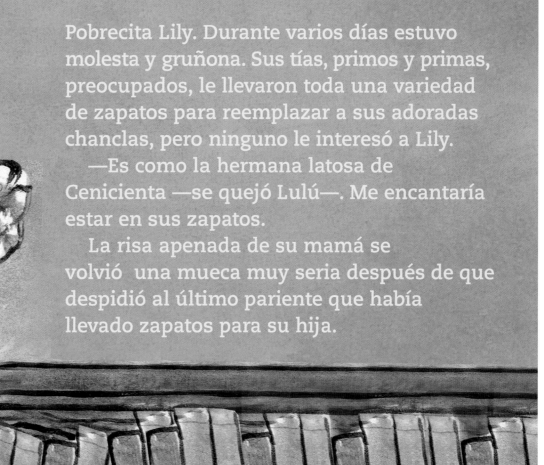

Lily wore an old pair of sneakers that blistered her feet. She then went barefoot for a couple of days until her mother finally sat her down and said, "Listen, I've had enough of your stubbornness. No shoes means no school, no relatives, no friends and most of all, NO PARTIES!" Lily only sighed and buried her tiny face deeper into her arm.

Lily usó un viejo par de tenis que le ampollaban los pies. Después anduvo descalza unos días hasta que su mamá finalmente la sentó y le dijo:

—Mira, ya estoy cansada de tu terquedad. Si sigues así ya no habrá escuela, parientes ni amigos, ¡TAMPOCO HABRÁ FIESTAS!

Lily sólo suspiró y hundió más la carita entre su brazo.

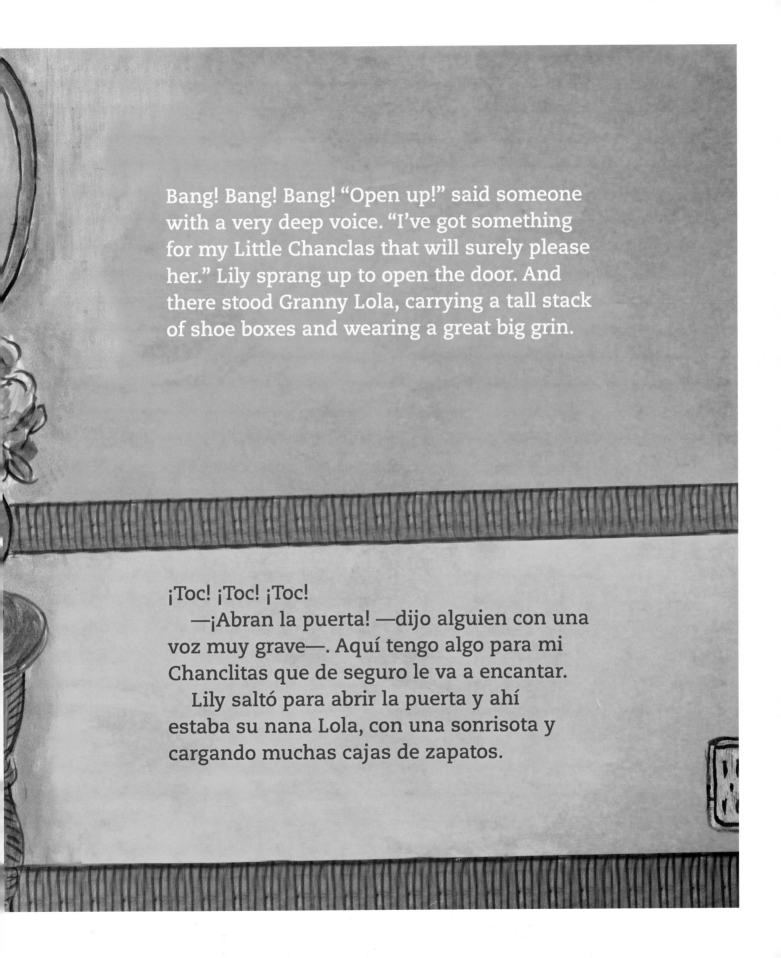

Bang! Bang! Bang! "Open up!" said someone with a very deep voice. "I've got something for my Little Chanclas that will surely please her." Lily sprang up to open the door. And there stood Granny Lola, carrying a tall stack of shoe boxes and wearing a great big grin.

¡Toc! ¡Toc! ¡Toc!

—¡Abran la puerta! —dijo alguien con una voz muy grave—. Aquí tengo algo para mi Chanclitas que de seguro le va a encantar.

Lily saltó para abrir la puerta y ahí estaba su nana Lola, con una sonrisota y cargando muchas cajas de zapatos.

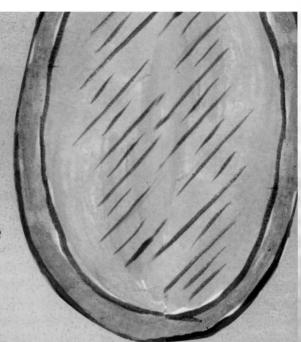

"Here, my little Lily, my tiny flower, look what I've brought you," the old lady said, kicking her overnight suitcase into the house. She placed the boxes side by side. Lily began to open them, one at a time, box after box. Lily was amazed to find chanclas in every style and color. And they were all hers!

—Mi pequeña Lily, mi florecita, mira lo que te traje —dijo la viejecilla, metiendo a patadas una maleta adentro de la casa. Puso las cajas una junto a la otra.

Lily empezó a abrirlas una por una, caja por caja. Estaba fascinada porque encontraba chanclas de todos los estilos y colores. ¡Y eran todas suyas!

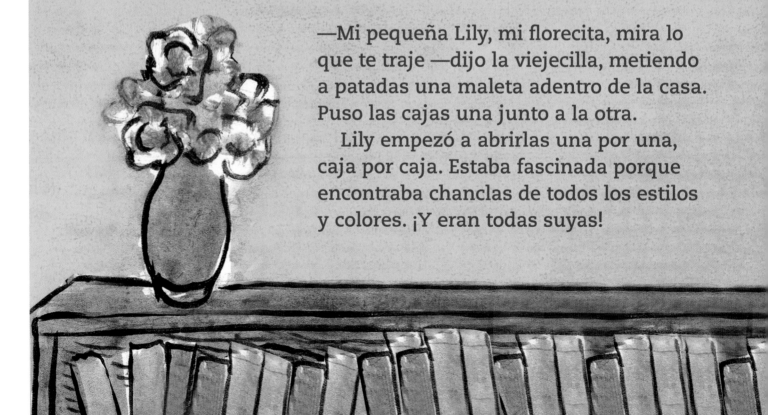

"Ay, Mama!" Lily's mother said. "She can't wear sandals all of her life."

"Why not?" her mother said. "You did—until you got married. Now let my Lily be." The old lady handed her and Lulu a shoebox too. "Now erase those sour faces and put your new chanclas on." And off all four of them went, slippity-slappetying down the street to Suki's Sushiteria, Lily's favorite place to eat.

—¡Ay, amá! —dijo la mamá de Lily—. Ni modo que use chanclas toda la vida.

—¿Por qué no? —dijo la abuelita—. Tú así lo hiciste hasta que te casaste, así que deja a mi Lily en paz.

La señora le dio una caja de zapatos a su hija y otra a su nieta Lulú.

—Borren esas caras amargosas y también pónganse sus chanclas nuevas.

Y así fue cómo las cuatro se fueron flipitín-flipitoneando hasta la sushitería de Suki, el lugar preferido de Lily para comer.

But Lily eventually grew to love other types of shoes. She wore elegant, sporty, colorful high-heeled shoes and even leather moccasins. Right now her favorite shoes are her CLEATS! People can hear her clickety-clackety ruckus as she makes her way onto the soccer field. Soon they'll all roar as she scores yet another GOAL!

Go, Little Chanclas!

Pero Lily no usó chanclas para siempre; eventualmente aprendió a disfrutar otro tipo de zapatos. Los usó elegantes, deportivos, de colores, de tacón alto y hasta mocasines de piel. Ahora sus zapatos favoritos ¡tienen TACOS en la suela! Pronto, todos gritarán de emoción cuando Lily corra y anote un ¡GOOOOOL!

¡Échale ganas, Chanclitas!

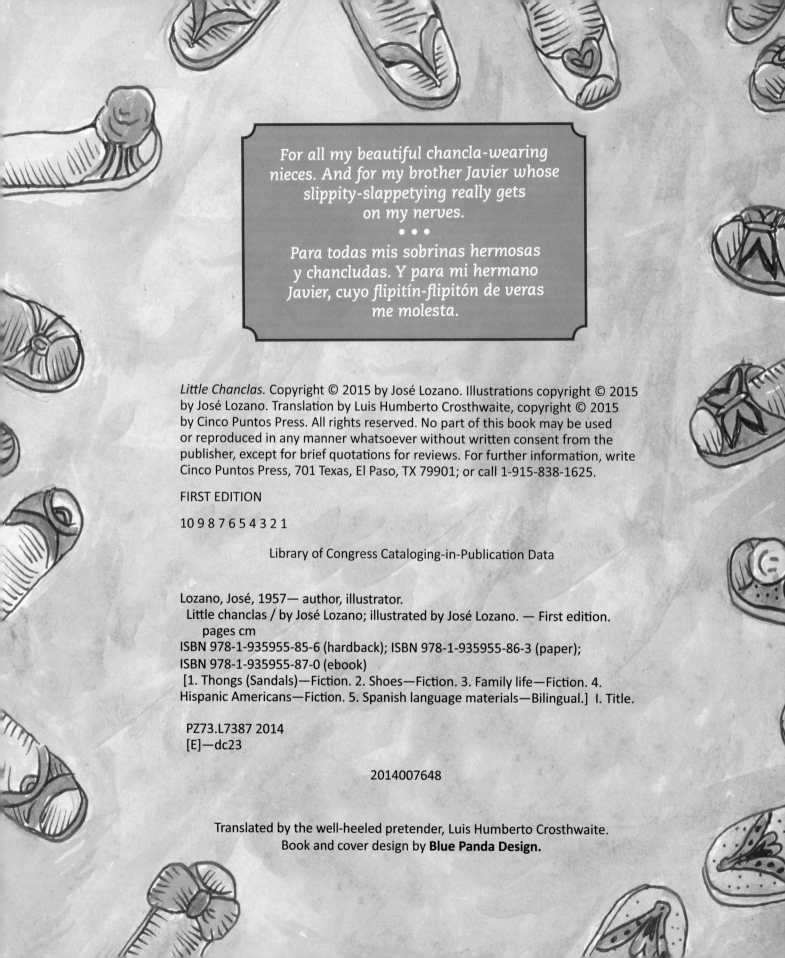

For all my beautiful chancla-wearing
nieces. And for my brother Javier whose
slippity-slappetying really gets
on my nerves.

● ● ●

Para todas mis sobrinas hermosas
y chancludas. Y para mi hermano
Javier, cuyo flipitín-flipitón de veras
me molesta.

FIRST EDITION

10 9 8 7 6 5 4 3 2 1

Library of Congress Cataloging-in-Publication Data

Lozano, José, 1957— author, illustrator.
  Little chanclas / by José Lozano; illustrated by José Lozano. — First edition.
    pages cm
ISBN 978-1-935955-85-6 (hardback); ISBN 978-1-935955-86-3 (paper);
ISBN 978-1-935955-87-0 (ebook)
 [1. Thongs (Sandals)—Fiction. 2. Shoes—Fiction. 3. Family life—Fiction. 4.
Hispanic Americans—Fiction. 5. Spanish language materials—Bilingual.] I. Title.

PZ73.L7387 2014
[E]—dc23

2014007648

Translated by the well-heeled pretender, Luis Humberto Crosthwaite.
Book and cover design by **Blue Panda Design.**

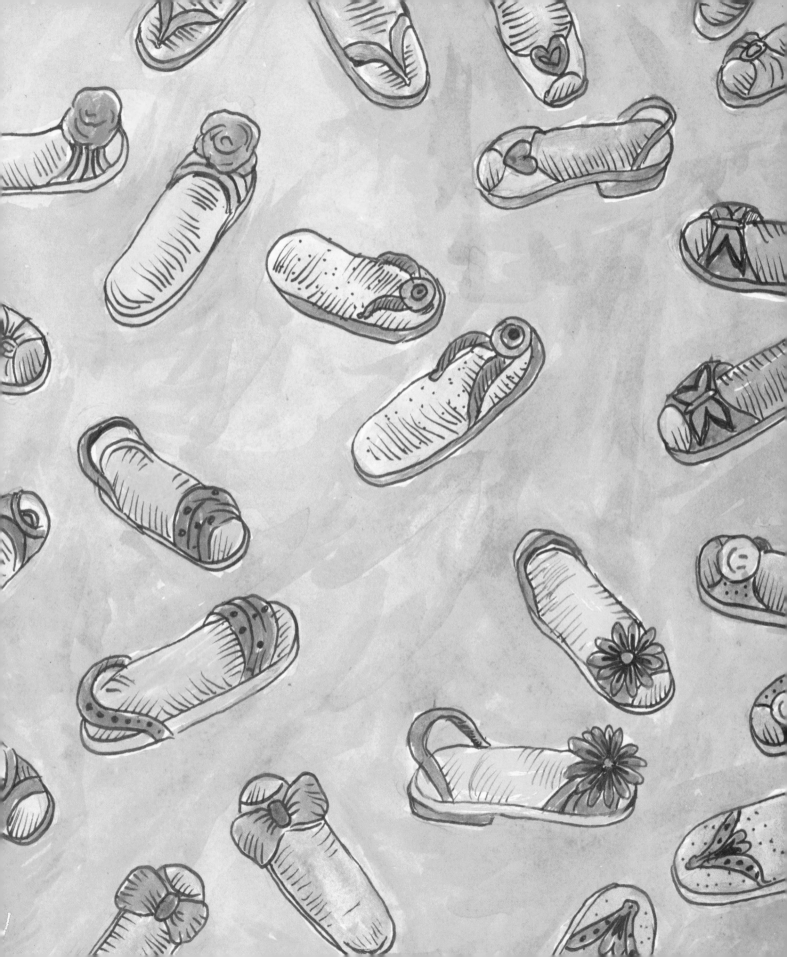

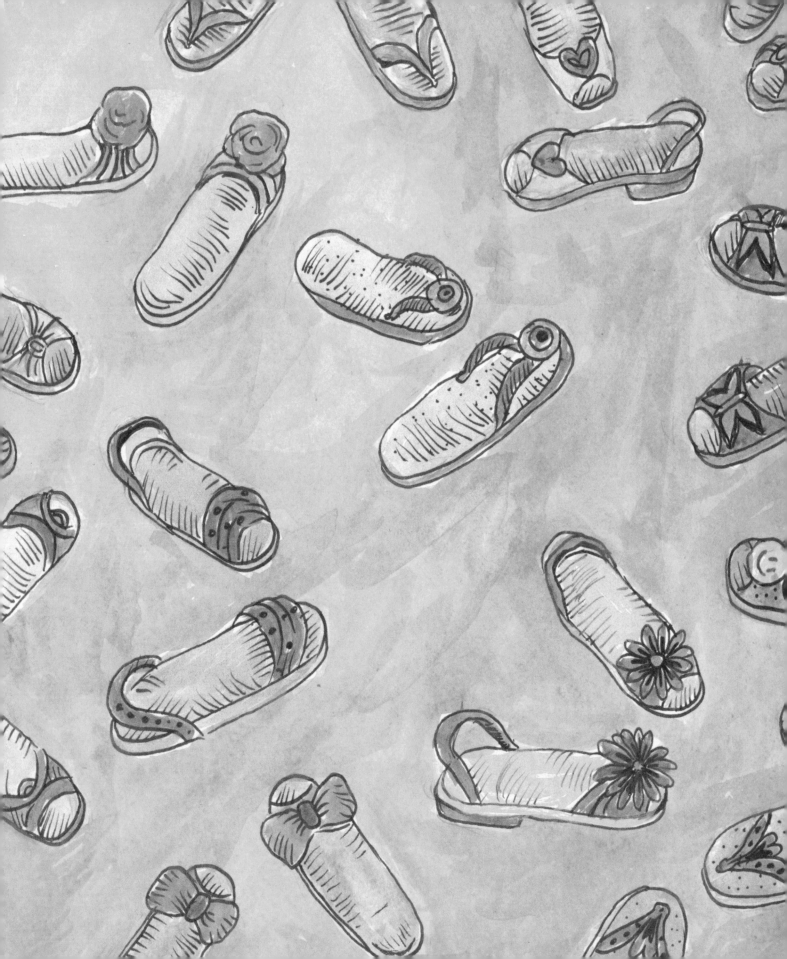